Heidi Grund-Thorpe

Das *Strickliesel* Buch

Weltbild

Inhalt

Vorwort

Vielleicht ist für dich die Strickliesel neu, aber wahrscheinlich kennst du sie schon. Hättest du geglaubt, dass man mit den kunterbunten Strickschläuchen so viele schöne und verschiedene Sachen machen kann? Ob ein topmodisches Abendkleid für die Barbie, witzigen Haarschmuck für dich selbst oder das Aufpeppen eines langweiligen alten T-Shirts, alles kannst du mit der Strickliesel und Wolle selber machen.

Außerdem lassen sich mit der Strickliesel ganz einfach tolle Geschenke zum Geburtstag oder für andere besondere Gelegenheiten für die ganze Familie basteln. Und das Beste ist, du musst dafür nicht einmal dein Taschengeld ausgeben. Frag einfach in der ganzen Familie nach Wollresten. Jeder ist froh, wenn er Restknäuel los wird und diese auch noch eine schöne Verwendung finden.

Wenn du erst einmal die ersten kleineren Sachen gestrickt hast, wirst du staunen, wie viele neue Ideen du selbst bekommst. Bestimmt hat deine Mutter eine Bastelkiste mit Perlen, Pailletten und vielen anderen Dingen, die du gut für deine eigenen Kreationen verwenden kannst. Du wirst merken, es macht riesigen Spaß! Wichtig ist, dass du am Anfang Übung im Umgang mit der Strickliesel und verschiedenen Wollsorten bekommst. In kurzer Zeit wirst du immer schneller, sodass auch größere Vorhaben keine Probleme mehr bereiten. Schnell bist du dann ein »alter Hase«, der genau weiß, wie er seine Ideen in die Tat umsetzt.

Jetzt musst du nur noch das Buch durchblättern, dir aussuchen, was du gern machen möchtest, und schon kann's losgehen. Die Strickliesel wartet bereits auf dich.

Ich wünsche dir viel Spaß und gutes Gelingen!

Stricken mit der Strickliese

Mit der Strickliesel kannst du lange »Wollwürste« herstellen und daraus später kunterbunte, witzige Sachen basteln. Das Beste daran: Es ist kinderleicht!

GRUNDAUSSTATTUNG

- Strickliesel mit Stäbchen oder Stricknadel
- Wollreste in verschiedenen Farben (bis maximal Nadelstärke 4)
- Häkelnadel
- Stopfnadel
- Nähnadel und -faden
- Schere
- Textilkleber
- Zahnstocher
- Lineal, Maßband

SO WIRD'S GEMACHT

1 **Nimm deine Strickliesel** in eine Hand, in die andere den Wollfaden. Stecke den Anfang des Fadens von oben in das Loch der Strickliesel, und schiebe ihn so weit hinein, dass er am unteren Ende der Strickliesel wieder herausschaut. Klappt das von alleine nicht so gut, dann schiebst du von unten eine Häkelnadel nach oben durch das Loch und legst den Wollfaden um den Haken der Häkelnadel. Nun ziehst du den Faden mit der Häkelnadel nach unten durch.

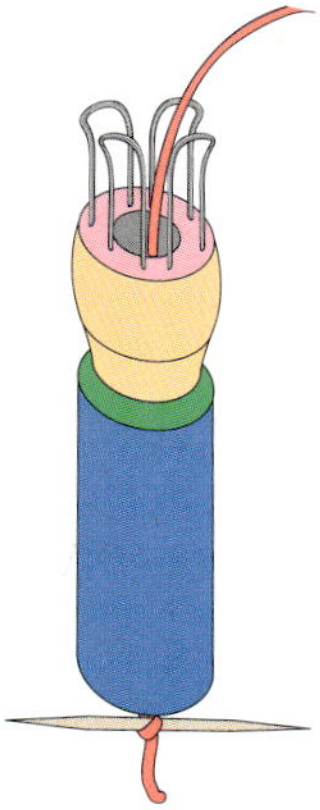

2 **Verknote den Faden** unter der Strickliesel mit einem Zahnstocher. Wenn du den Faden jetzt oben stramm ziehst, kann er unten nicht mehr herausrutschen.

3 **Führe nun den Faden** am oberen Ende der Strickliesel um die Haken, wie es auf der Zeichnung zu sehen ist. Am einfachsten geht es, wenn du von oben auf deine Strickliesel schaust, denn dann siehst du genau den gleichen Kreis mit dem Loch in der Mitte und den vier Haken obendrauf wie auf der Zeichnung. Die Wolle ist die rote Linie. Vom Punkt A in der Mitte geht es los: Du ziehst den Wollfaden nach rechts zum unteren Haken 1, wickelst ihn um diesen zur linken Seite. Von da ziehst du ihn zum oberen Ende von Haken 2, wickelst ihn um den Haken 2 herum und von da zur linken Seite von Haken 3. Lege den Wollfaden auch um diesen auf der Außenseite herum, und ziehe ihn dann zum unteren Ende des Hakens 4. Führe den Faden um den Haken 4 herum, und ziehe ihn dann zum äußeren Rand der Strickliesel.

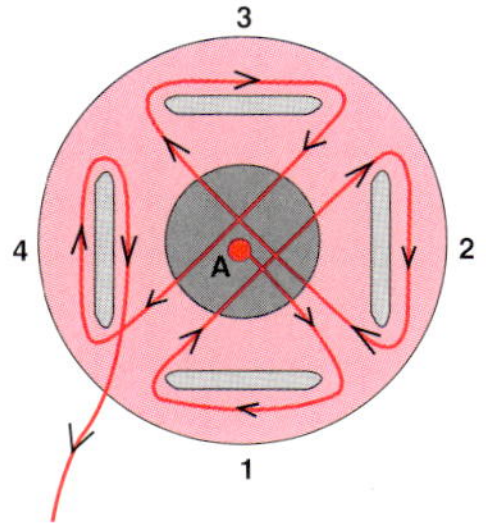

4 **Nun beginnst du** mit dem Stricken: Dafür legst du den langen Faden vor den Haken 1 über den ersten Faden. Dann stichst du mit dem Stäbchen oder der Stricknadel von unten nach oben in den unteren Wollfaden

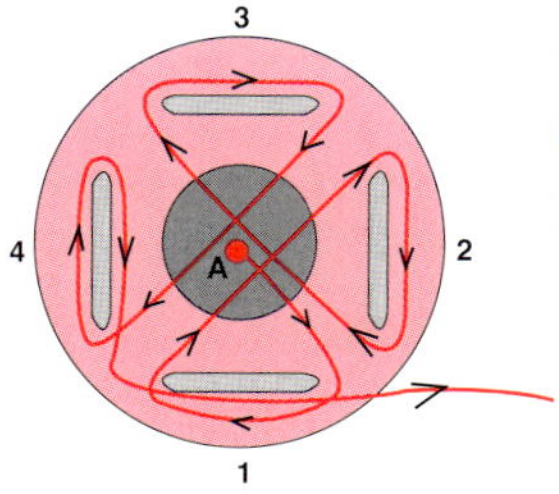

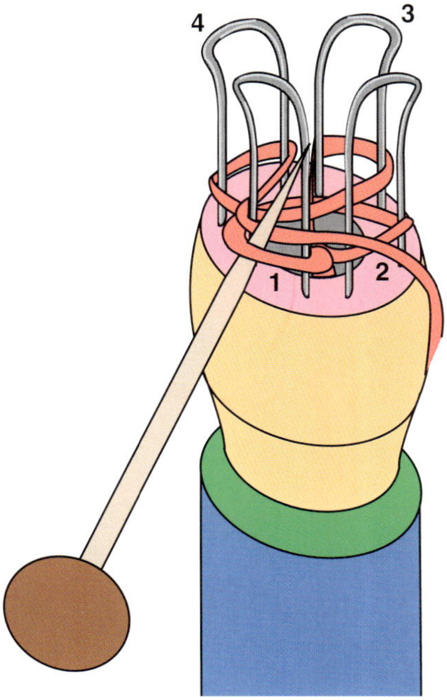

ein und ziehst ihn etwas vom Haken weg. Schiebe den Faden nach oben über den Haken; dabei muss der darüber liegende lange Wollfaden außen auf dem Haken liegen bleiben. Herzlichen Glückwunsch, du hast deine erste Masche geschafft!

5 **Jetzt wickelst du** den langen Wollfaden um den Zeigefinger der linken Hand, wenn du Rechtshänder bist, oder um den Zeigefinger der rechten Hand, wenn du Linkshänder bist. Mit Daumen und Mittelfinger der gleichen Hand hältst du die Strickliesel fest. Durch eine kleine Drehung der Strickliesel legt sich der Faden automatisch außen um den nächsten Haken. Das Stäbchen oder die Stricknadel nimmst du in die freie Hand und strickst eine Masche nach der anderen, wie unter Schritt 4 beschrieben. Also immer den unteren Faden über den Haken nach innen schieben, dabei bleibt der lange Wollfaden außen liegen. Nach einigen Maschenrunden solltest du unten am Zahnstocher ziehen; so kannst du schon bald den fertigen Strickschlauch sehen, der wie eine Wurst unten aus der Strickliesel herauskommt.

6 **Ist dein Strickschlauch** lang genug, musst du ihn aus der Strickliesel nehmen. Damit der Schlauch später nicht aufribbelt, schneidest du den Faden etwa eine Handlänge lang ab. Dann hebst du die Schlingen auf den Haken vorsichtig über die Haken und ziehst den Schlauch unten aus der Strickliesel heraus.

7 **Fädele das Fadenende** in eine Stopfnadel ein, und stecke die Nadel durch die vier Schlingen des Strickschlauchs. Dann ziehst du den Faden fest und vernähst ihn durch die Schlingen. Vernähe auch den Anfangsfaden. Zum Schluss kannst du beide Fäden dicht am Strichschlauch abschneiden.

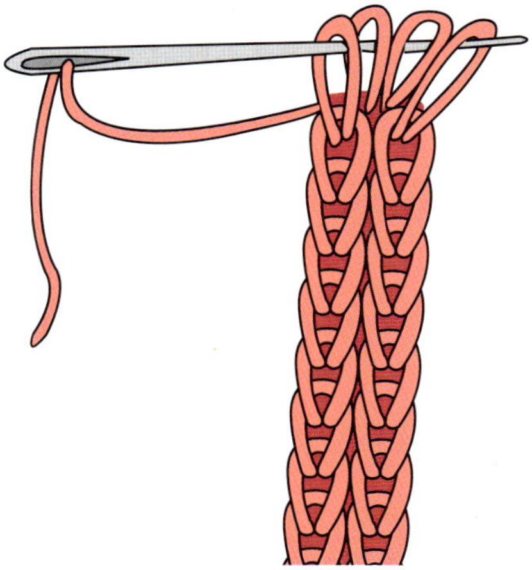

TIPP Ziehe den langen Wollfaden nicht zu stramm um die Haken der Strickliesel. Je lockerer du ihn hältst, desto einfacher lassen sich die Schlingen über die Haken schieben!

Haarband mit Blüte

Wow, mit diesem Haarband siehst du einfach toll aus! Und wenn du dann noch erzählen kannst, dass du es selbst gemacht hast, darfst du echt stolz auf dich sein.

MATERIAL

- Pink- und rosafarbenes sowie apfelgrünes Baumwollgarn
- Rest gelbes Baumwollgarn
- 1,5 – 2 m Rundgummi
- Sehr dicke Stopfnadel (für Rundgummi)

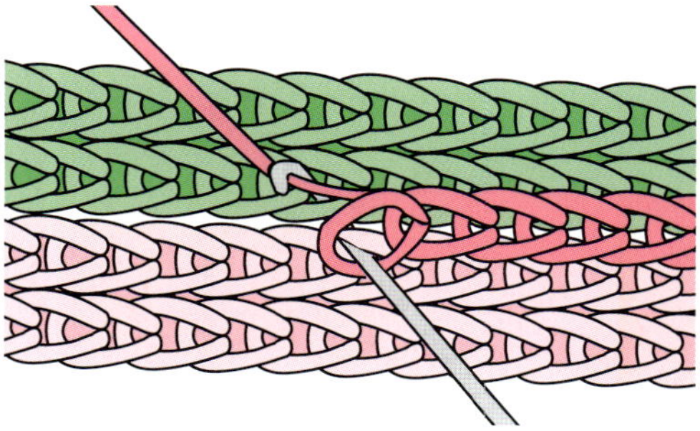

SO WIRD'S GEMACHT

1. **Zuerst misst du** deinen Kopfumfang aus, damit du weißt, wie lang die Strickschläuche für das Haarband sein müssen. Dazu legst du ein Maßband so um den Kopf, wie du das Haarband gern tragen würdest. Merke dir die Länge, oder schreibe sie dir auf.

2. **Stricke aus dem** pinkfarbenen, dem rosafarbenen und dem apfelgrünen Garn je einen Schlauch in der Länge deines ausgemessenen Kopfumfangs. Vernähe die Fadenenden an beiden Seiten der Schläuche. Für die Blüte benötigst du außerdem einen grünen Schlauch mit 15 cm, sowie aus dem pink- und rosafarbenen Garn je einen Schlauch mit 22 cm Länge. Auch hier die Fäden vernähen.

3. **Ziehe mit der** Stopfnadel in jeden langen Haarbandschlauch ein Rundgummi, das 15 cm länger als der Strickschlauch ist. Die Enden lässt du auf beiden Seiten gleich lang heraushängen. Jetzt häkelst du die drei Schläuche der Länge nach zusammen: Lege dafür zwei Schläuche nebeneinander. Mit der Häkelnadel machst du zuerst eine Schlinge wie am Beginn einer Luftmaschenkette. Dann stichst du durch ein Maschenglied des rosafarbenen und des grünen Schlauchs. Ziehe den Faden durch die beiden Maschenglieder und die Luftmasche. Nun verbindest du die beiden Schläuche, indem du durch jeweils zwei nebeneinander liegende Maschenglieder eine Kettmasche häkelst.

4. **Der dritte Schlauch** wird ebenso angehäkelt. Zum Schluss nähst du mit den Häkelfäden die Enden der Schläuche zusammen, sodass ein Ring entsteht. Die heraushängenden Rundgummis verknotest du so miteinander, dass sie die Schläuche leicht zusammenziehen. Überstehende Gummibandenden einfach abschneiden.

5. **Für die Blüte** legst du die Schläuche wie auf der Zeichnung hin. Am besten steckst du sie vorläufig mit der Stopfnadel zusammen, bevor du sie in der Mitte mit dem gelben Baumwollgarn zusammennähst. Zum Schluss wird die Blüte mit dem gelben Garn auf das Haarband genäht.

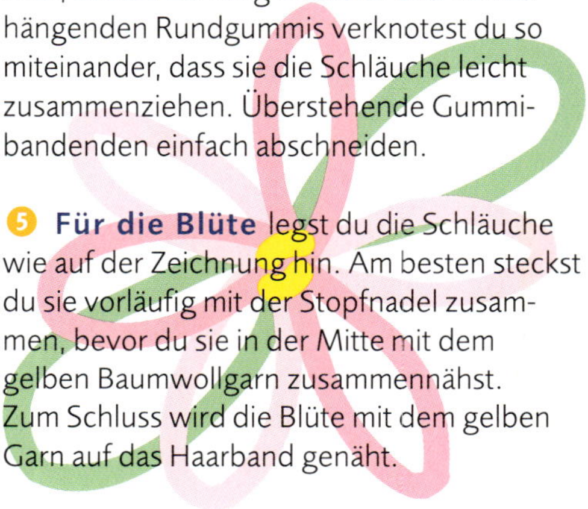

Stirnband mit Pulswärmer

Superschick bei Sport und Spiel bist du mit diesem modischen Stirnband mit passendem Pulswärmer. Kein Wunder, wenn du beides gar nicht mehr ausziehen magst.

MATERIAL

- Rotes, weißes und hellblaues Baumwollgarn
- 15 cm weißes Hosengummiband, 3 cm breit

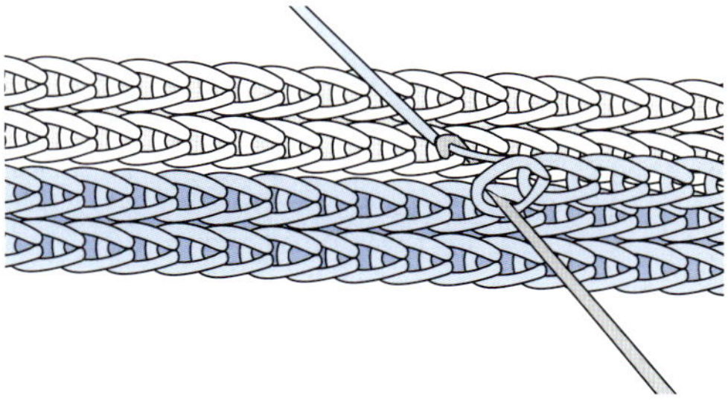

SO WIRD'S GEMACHT

1 **Messe deinen Kopfumfang**, ähnlich wie bei einem Stirnband für Indianer. Merke dir die Länge oder, besser noch, schreibe sie auf. Von dieser Länge ziehst du 12 cm ab, dieses Stück wird später durch ein Gummiband ersetzt. Miss auch den Umfang deines Handgelenks, und ziehe davon 5 cm für das Gummiband ab.

2 **Fertige nun aus** dem blauen Garn zwei lange Strickschläuche für das Stirnband und zwei kürzere Strickschläuche für den Pulswärmer in den zuvor errechneten Längen an. Aus dem weißen Garn benötigst du je einen langen und einen kurzen Strickschlauch. Stricke außerdem aus dem roten Garn einen 50 und einen 20 cm langen Schlauch.

3 **Nun häkelst du** zwischen je zwei hellblaue, gleich lange Schläuche einen gleich langen weißen. Dafür machst du mit der Häkelnadel und hellblauer Wolle eine Luftmasche. Anschließend legst du die Maschen zweier Schläuche nebeneinander, stichst mit der Nadel durch beide Maschenglieder und ziehst den Faden durch die Maschenglieder und die Luftmasche.

4 **Bevor du weiterarbeitest,** solltest du alle lose herabhängenden Fäden vernähen. Dann legst du den langen roten Strickschlauch in gleichmäßigen Wellenlinien auf das Stirnband und klebst ihn mit Textilkleber fest. Du kannst die Wellenlinien auch mit Nadel und Faden festnähen. Dazu stichst du in ein unten liegendes Maschenglied des roten Schlauchs ein. Von dort die Nadel zur Rückseite des Bandes durchstechen und wieder nach vorne zum nächsten roten Maschenglied stechen. Auch den Pulswärmer mit einem roten Strickschlauch verzieren.

5 **Zum Schluss nähst du** mit weißem Nähfaden ein 10 cm langes Hosengummiband zwischen die Enden des Stirnbandes und ein 5 cm langes Hosengummiband zwischen die Enden des Pulswärmers.

TIPP Natürlich kannst du auch Wolle oder Kunstfasergarn für die Strickschläuche verarbeiten, aber für den Sport ist Baumwolle besonders gut geeignet. Außerdem kratzen Baumwollfasern nicht.

Bunte Zopfgummis

Viel schöner als gekaufte sind diese selbst gemachten Zopfgummis, die du am besten zusammen mit deinen Freundinnen strickst. So könnt ihr im Partner-Look auftreten.

MATERIAL

Zopfgummi mit Kugeln
- Grün-rosa melierte Wolle
- 18 cm Rundgummi
- 2 Holzkugeln mit 15 mm Ø

Breites Wellen-Zopfband
- Grün-rosa melierte Wolle
- Rosafarbene Wolle
- 18 cm Rundgummi

Seestern-Zopfband
- Gelbe und dunkelblaue Wolle
- 18 cm Rundgummi
- 2 Holzkugeln mit 15 mm Ø
- Dünner Draht

Blüten-Zopfgummi
- Lachs-, orangefarbene und hellgrüne Wolle
- 18 cm Rundgummi
- 2 kleine orange Holzperlen mit 5 mm Ø

SO WIRD'S GEMACHT

Zopfgummi mit Kugeln

1 Stricke für jede Kugel einen 15 bis 20 cm langen Schlauch. Die Schläuche um die Kugeln legen und mit Wolle dicht aneinander nähen oder kleben.

2 Den Nähfaden aus Wolle vernähst du jeweils am Anfang und Ende. Dann jeweils 3 cm lang stehen lassen, aufdrehen und als Fransen von den Kugeln hängen lassen. Zum Schluss verknotest du das Gummiband zum Ring und nähst die bezogenen Kugeln an.

Breites Wellen-Zopfband

1 Stricke drei je 25 cm lange melierte und einen 40 cm langen rosafarbenen Schlauch. Nähe die melierten Schläuche mit den Anfangs- und Endfäden jeweils zu einem Ring zusammen. Dann nähst oder häkelst du die Ringe nebeneinander zu einem breiten Ring (→ Seite 6).

2 Lege den rosafarbenen Schlauch in Wellenlinien auf den breiten melierten Ring, und fixiere ihn mit Textilkleber oder Nähfaden. Zum Schluss ziehst du durch einen Schlauch das Gummiband und verknotest es.

Seestern-Zopfband

1 Die beiden Holzkugeln werden wie bei dem Zopfgummi mit Kugeln mit dunkelblauen Strickschläuchen umnäht. Dann strickst du außerdem zwei je 22 cm und einen 16 cm langen gelben Schlauch.

2 In die langen gelben Schläuche steckst du je einen gleich langen Draht und biegst damit wie auf der Vorlage zwei Sterne. Die Kugeln in die Mitte jedes Sternes nähen. Ziehe das Gummiband in den übrigen gelben Schlauch, und verknote die Enden zum Ring. Nun nähst du die Sterne an das Zopfgummi.

Blüten-Zopfgummi

1 **Zunächst strickst du** drei je 16 cm lange Schläuche in Lachsfarben, zwei 3 cm lange Schläuche in Orange sowie einen 8 cm langen Schlauch in Grün. Aus zwei lachsfarbenen Schläuchen legst du wie auf der Vorlage zwei Blüten und nähst jede einzelne zusammen. In die Mitte jeweils den orangefarbenen Schlauch als Kreis aufnähen. Darauf je eine Perle fixieren. Den grünen Schlauch zu einem Blatt formen und unter eine Blüte nähen.

2 **Nun kannst du** das Gummiband durch den dritten lachsfarbenen Schlauch ziehen und zu einem Ring verknoten. Zum Schluss werden die Blüten einander gegenüber liegend auf das Zopfgummi genäht.

Flotte Haarspangen

Wer diese bunten Spangen trägt, hat einen super Schmuck fürs Haar. Das sieht in kürzerem Haar genauso toll aus wie in sehr langem. Probier es doch mal aus!

MATERIAL

Flache Haarspange

- Spangenrohling, 10 cm lang (Bastelladen)
- Orange melierte und rosa Wolle

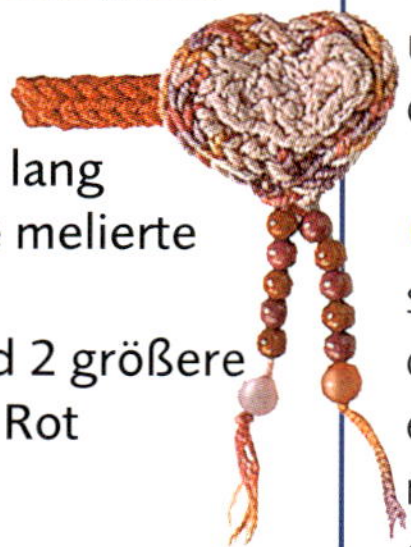

Spange mit Herz

- Spangenrohling, 6 cm lang
- Rosa, rote und orange melierte Wolle, Kartonrest
- Je 5 kleinere Holz- und 2 größere Glasperlen in Lila und Rot

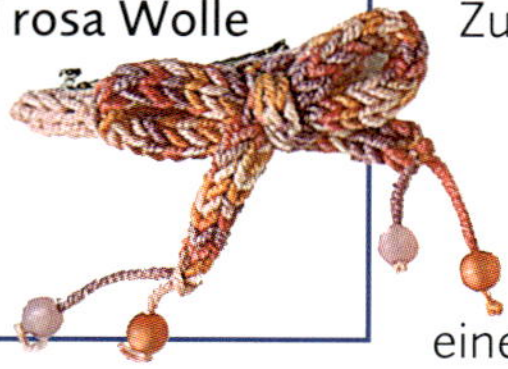

Schleifenspange

- Spangenrohling, 6 cm lang
- Orange melierte und rosa Wolle
- Je 2 Glasperlen in Lila und Rot

- Bastelkleber

SO WIRD'S GEMACHT

Flache Haarspange

1 Stricke zunächst drei je 15 cm lange melierte und einen 30 cm langen rosafarbenen Schlauch. Dann verknotest du die Fadenenden der vier Schläuche auf einer Seite dicht neben jedem Schlauchbeginn miteinander. Lege die Schläuche so hin, dass die drei melierten dicht nebeneinander liegen. Der rosafarbene gehört auf die rechte Seite.

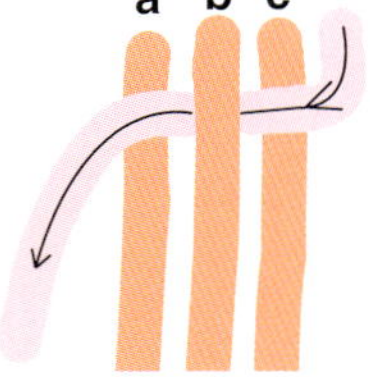

2 Lege den rosa Schlauch (1) waagerecht nach links über c, unter b, über a und dann zur linken Seite. Nun führst du den rosa Schlauch (2) waagerecht nach rechts unter a, über b und unter c. Schiebe den Schlauch dicht an den darüber liegenden Schlauch.

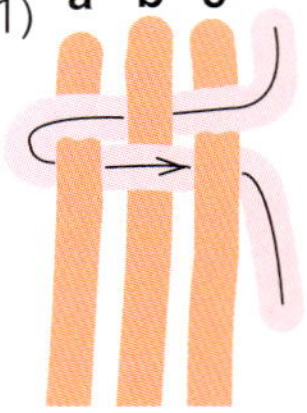

3 Den Vorgang 1 und 2 immer im Wechsel wiederholen, dabei die rosa Schläuche dicht aneinander schieben. Wenn dein Band etwa 14 cm lang ist, nähst du mit der Stopfnadel die untere Kante nebeneinander fest, ebenso die obere mit den verknoteten Fäden, sodass das gewebte Band ganz flach liegt. Zum Schluss klebst du es auf die Spange.

Spange mit Herz

1 Stricke aus der roten Wolle einen 7 cm, aus der orange melierten einen 14 cm und aus der rosafarbenen Wolle einen 8 cm langen Schlauch. Klebe gemäß der Vorlage ein Herz zusammen, das außen meliert und innen rosa ist. Ganz einfach geht das, wenn du dir ein etwas kleineres Herz aus einem Kartonstück zuschneidest und die Strickschläuche dort aufklebst.

2 Fädle die Perlen im farblichen Wechsel auf zwei Wollfäden, zum Schluss kommen die größeren Glasperlen. Die Enden verknoten und die Perlenschnüre mittig an die Herzspitze nähen. Beklebe die Spange mit dem roten Schlauch. Darüber klebst du das Herz.

Schleifenspange

❶ **Stricke einen 24 cm** langen orange melierten und einen 7 cm langen rosafarbenen Schlauch. In die Enden des melierten Schlauchs je eine Perle fädeln, eine weitere an jeder Seite mit einem Faden annähen.

❷ **Nun wird der** Spangenrohling mit dem rosafarbenen Schlauch bezogen. Dafür klebst du ihn einfach mit Bastelkleber auf. Anschließend den melierten Schlauch zur Schleife legen und in der Mitte mit Wolle zusammenknoten. Zum Schluss klebst du die Schleife über die bezogene Haarspange.

Schmuckset mit Perlen

Wie edel Schmuck auch ganz ohne Gold und Silber sein kann, beweist dieses topmoderne Set aus Armband, Ring und Halsband.

MATERIAL

- Grün-blau melierte und hellgrüne Wolle
- Etwa 40 blaue Glasperlen mit 5 mm Ø
- 2 Druckknöpfe zum Einschlagen oder Aufnähen
- Je 2 Haken und Ösen zum Annähen

SO WIRD'S GEMACHT

1 Stricke aus dem melierten Garn für das Halsband zwei 27 cm und für das Armband zwei 14 cm lange Stränge. Für das Armband benötigst du außerdem einen 14 cm langen hellgrünen Strickschlauch. Für den Ring strickst du einen etwa 15 cm langen Schlauch aus melierter Wolle. Für die Schnecken auf Hals- und Armband brauchst du zwei je 8 cm lange melierte Strickschläuche.

2 Fädele für das Halsband 20 Glasperlen auf die hellgrüne Wolle, und schiebe die Perlen zum Wollknäuel hin. Nun häkelst du eine Luftmaschenkette. Dabei ziehst du nach 4 Luftmaschen eine Perle bis an die vorherige Luftmasche, dann häkelst du die nächsten 4 Luftmaschen und schiebst wieder ein Perle heran. Arbeite so weiter, bis du eine 27 cm lange Luftmaschen-Perlenkette hast.

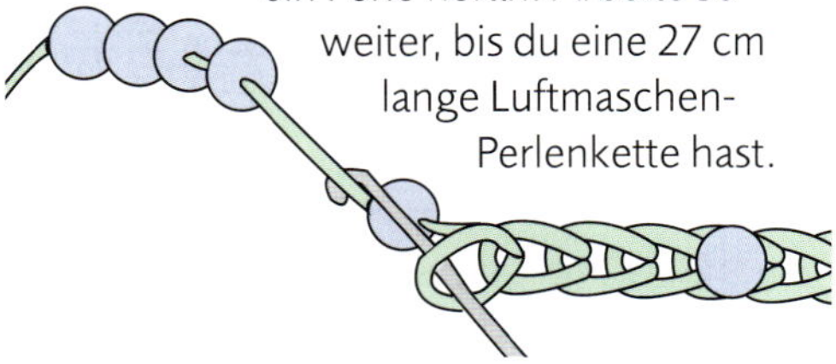

3 Für das Halsband legst du die Luftmaschen-Perlenkette zwischen die beiden langen melierten Schläuche. Fädle einen hellgrünen Faden mit Knoten am Ende auf die Stopfnadel, und nähe die Perlenkette zwischen den Schläuchen fest: Am Anfang nähst du Schlauch, Perlenkette und Schlauch nebeneinander zusammen. Dann führst du die Nadel durch jede Masche eines Schlauchs bis in Höhe der ersten Perle. Hier stichst du die Nadel vom Schlauch zur Perlenkette. Lasse dabei 1 cm Abstand zwischen Schlauch und Perlenkette, und verknote den Faden im Schlauch. Dann geht es genauso weiter durch den Schlauch zur nächsten Perle, wo du den Vorgang wiederholst. Arbeite so weiter.

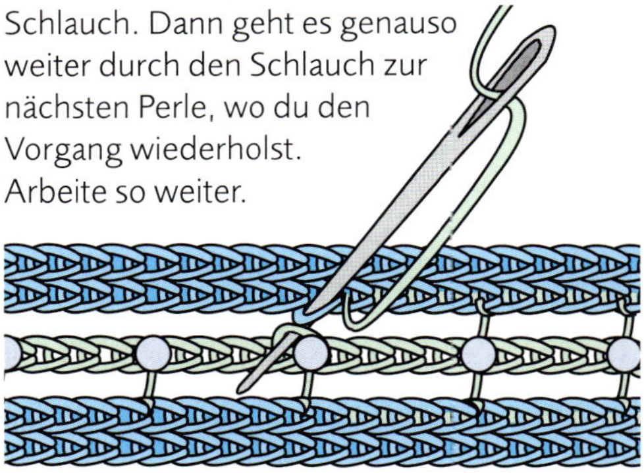

4 Dann wiederholst du alles auf der anderen Seite mit dem zweiten Schlauch. An den Enden nähst du mit der Nähnadel die Haken und Ösen fest.

5 Für die Schnecke lege einen 8 cm langen melierten Strickschlauch wie ein Schneckenhaus in Spiralen zusammen. Die Wicklungen übereinander festnähen. Ziehe einige Fäden durch die Schneckenhausmitte. Am Fadenanfang und -ende jeweils eine Perle

aufziehen. Dann die Fäden verknoten und mit einem Kleberpunkt sichern. Nähe die Schnecke seitlich mitten auf das Halsband.

6 Für das Armband häkelst du die drei 14 cm langen Schläuche nebeneinander zusammen (→ Seite 6). Der hellgrüne gehört in die Mitte. An den Enden fixierst du die Druckknöpfe. In der Mitte eine Schnecke mit Perlen aufnähen (→ Schritt 5).

7 Für den Ring wickelst du den 15 cm langen Schlauch so um den Finger, dass ein Ende oben auf dem Finger liegt. Nähe den Ring zusammen. Das überstehende Schlauchende zu einem hohen Schneckenhaus wickeln und die Stränge aufeinander festnähen. Ziehe drei Fäden durch die Ringmitte, und bestücke sie wie in Schritt 5 erklärt am Anfang und Ende mit Glasperlen.

DE
aus
Polyprop

Lächelnder Geldbeutel

Der lustige Geldbeutel mit dem Smiley ist groß genug, um ihn auch als Mappe für deine Stifte zu verwenden. Sieht echt cool aus.

MATERIAL

- Gelbe und schwarze Wolle
- 1 gelber Reißverschluss, 12 cm lang
- Eventuell fester Karton, Zirkel

SO WIRD'S GEMACHT

1 **Stricke aus der** gelben Wolle zwei je 120 cm lange Strickschläuche. Außerdem brauchst du für den Mund einen 6 cm langen und für die Augen zwei je 8 cm lange schwarze Strickschläuche.

2 **Lege den Anfang** eines langen gelben Schlauches zur Spirale, und nähe diese mit gelber Wolle zusammen. Nun wickelst du immer eine weitere Spiralwicklung um die vorhergehende und nähst mit einem Stich durch die nebeneinander liegenden Maschenglieder die Spirale fest. Mach das so lange, bis du eine Scheibe mit 12 cm Durchmesser hast. Danach ebenso eine zweite gelbe Scheibe nähen.

3 **Nähe auch die** Augen in Spiralform zusammen, und klebe oder nähe sie auf eine gelbe Scheibe. Darunter klebst oder nähst du den Schlauch für den Mund. Nun nähst du mit Nadel und Faden die eine Seite des Reißverschlusses entlang der oberen Seite des Gesichtes fest. Jetzt auch noch die andere Hälfte des Reißverschlussbandes an der Rückseite des Geldbeutels festnähen. Dann den Geldbeutel rundherum mit gelber Wolle und Stopfnadel zusammennähen.

4 **Schneide zehn etwa** 10 cm lange schwarze Wollfäden ab, und binde sie in der Mitte zum Büschel zusammen. Dieses nähst du anschließend in der Mitte über den Augen als Haarbüschel auf.

Oder:

1 **Du kannst die** Scheiben für den Geldbeutel auch weben, statt sie zu nähen. Vielleicht findest du das einfacher. Dafür zeichnest du einen Kreis mit 12 cm Durchmesser auf festen Karton und schneidest ihn aus. Lege den Kreis dann mittig auf die Vorlage, und markiere am Rand rundherum die Einschnitte. Diese dann 0,5 cm tief einschneiden. Spanne einen gelben Wollfaden sternenförmig über deinen Webrahmen aus Karton, und verknote das Fadenende in der Mitte.

2 **Nun führst du** einen gelben Strickschlauch wie auf der Zeichnung unten von der Mitte aus in Spiralen nach außen. Den Anfang in der Mitte festnähen. Bist du fertig, schneidest du die Webfäden nacheinander hinten in der Mitte auf und vernähst sie im Strickschlauch. Den Webrahmen aus Karton verwendest du erneut für den zweiten gelben Kreis.

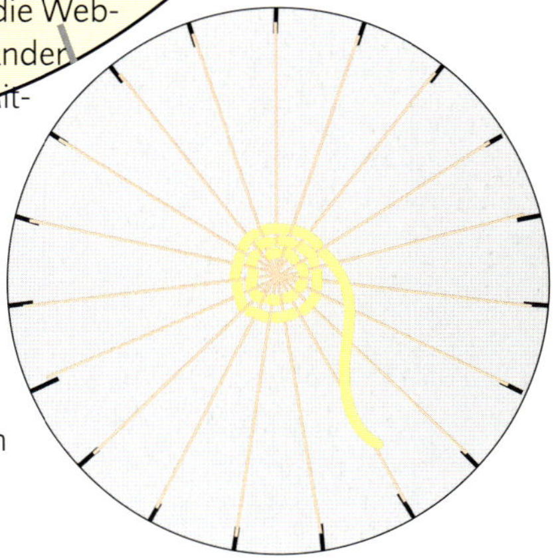

Modische Umhängetasche

Absolut schick im trendy Hippie-Stil ist diese Jeanstasche, die von einem raffiniert geknoteten Netz aus Strickschläuchen in Szene gesetzt wird.

MATERIAL

- Blau melierte Wolle
- 2 Jeansreste (z. B. aus einer alten Hose oder Jacke), je 26 x 30 cm groß

SO WIRD'S GEMACHT

1 **Stricke aus der** Wolle zehn je 90 cm lange Schläuche für das Gitter und zwei je 150 cm lange Schläuche für die Träger.

2 **Die Jeanstasche lässt** du dir am besten von deiner Mama mit der Nähmaschine nähen – so hält sie besonders gut. Dafür werden die beiden Stoffteile rechts auf rechts aufeinander gelegt und entlang der beiden 30 cm langen Längs- und der unteren Querkante 1 cm breit zusammengenäht. Die Kanten mit Zickzackstich versäubern, ebenso die obere offene Kante. Die Öffnung anschließend 3 cm breit auf die linke Seite bügeln und 2 cm breit absteppen. Nun den Taschenbeutel auf die rechte Seite wenden und ausbügeln.

3 **Zum Zusammenbinden** des Gitters schneidest du ganz viele etwa 10 cm lange Fäden von der melierten Wolle ab. Lege zwei 90 cm lange Strickschläuche nebeneinander, und binde diese immer mit 10 cm Abstand zusammen. Dafür wickelst du einen Faden zwei- bis dreimal fest um die Schläuche. Dann den Faden doppelt verknoten. Den Knoten zusätzlich mit einem Kleberpunkt sichern und die Fäden 1 cm lang abschneiden. Anfang und Ende der Schläuche zusammennähen.

4 **Lege jetzt den** nächsten 90 cm langen Schlauch neben den zweiten. Binde Schlauch 2 und 3 nach 5 cm und von dort aus wieder nach 10 cm zusammen. Die Bindestellen liegen also versetzt zu denen zwischen Schlauch 1 und 2.

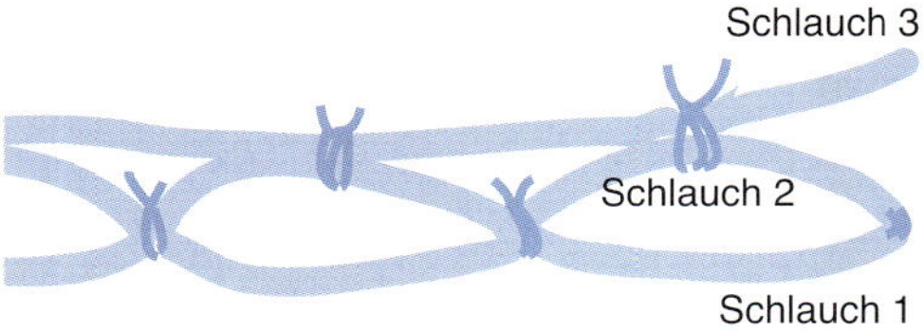

5 **Schlauch 4 wird** wieder an Schlauch 3 geknüpft wie Schlauch 2 an Schlauch 1. Schlauch 3 und 4 wieder am Anfang und Ende zusammennähen. So werden alle zehn Schläuche zusammengenäht bzw. -geknotet.

6 **Zum Schluss klappst** du das Gitter seitlich aufeinander und verknotest die übereinander liegenden Hälften des ersten Schlauches, ebenso die offene seitliche Kante, sodass ein Netz entsteht.

7 **Stecke die zuvor** genähte Jeanstasche in das Netz, das jetzt weit gedehnt wird. Nähe mit der Hand den obersten Schlauch entlang der Steppkante im gleichmäßigen Abstand fest.

8 **Verknote die Enden** der Träger ganz fest, und schneide die offenen Schläuche dicht am Knoten ab. Zum Schluss werden die beiden Träger an der Taschenseite festgenäht.

Indianer- und Eskimomütze

Freu dich schon mal auf den Winter, denn mit der Zopf- oder Streifenmütze siehst du super aus. Wenn du dich nicht entscheiden kannst, mach doch einfach beide nach.

MATERIAL

Eskimomütze mit Streifen

- Je 50 g pink- und orangefarbene Wolle
- 1 Mütze in Rosa oder 32 x 54,5 cm rosafarbener Vliesstoff

Indianermütze mit Zöpfen

- Je 50 g blau und bunt melierte Wolle
- 1 Mütze in Türkis oder 32 x 54,5 cm türkisfarbener Vliesstoff
- 4 Haargummis

SO WIRD'S GEMACHT

Eskimomütze mit Streifen

1 **Stricke sieben** pink- und acht orangefarbene Schläuche, die jeweils zwischen 35 und 45 cm lang sind. Knüpfe einen festen Knoten in ein Ende jedes Schlauches, betupfe den Knoten mit Textilkleber, und schneide den Schlauch dicht am Knoten ab.

2 **Nun klebst du** die Strickschläuche im Farbwechsel mit ca. 4 cm Abstand zueinander von unten bis kurz vor die Spitze auf die gekaufte oder selbst genähte Mütze (→ Nähanleitung hintere Umschlagseite). Den glatten Anfang jedes Schlauches dabei in den Mützenrand einschlagen. Die Schläuche eventuell zusätzlich festnähen. Oben bindest du die herunterbaumelnden Schlauchenden mit dem übrigen Strickschlauch zum Pferdeschwanz.

Indianermütze mit Zöpfen

1 **Stricke je vier** 80 bis 100 cm lange Schläuche aus der blau und bunt melierten Wolle. Dann jeweils zwei blau und zwei bunt melierte Schläuche zueinander legen und nach ca. 40 cm mit einem Gummi zusammenhalten – die Enden dürfen beidseitig ruhig ungleichmäßig lang nebeneinander liegen.

2 **Vom Haargummi aus** flichtst du aus dem einen einen 35 und aus dem zweiten Strang einen 20 cm langen Viererzopf: Führe dafür jeweils von links a über b, unter c, über

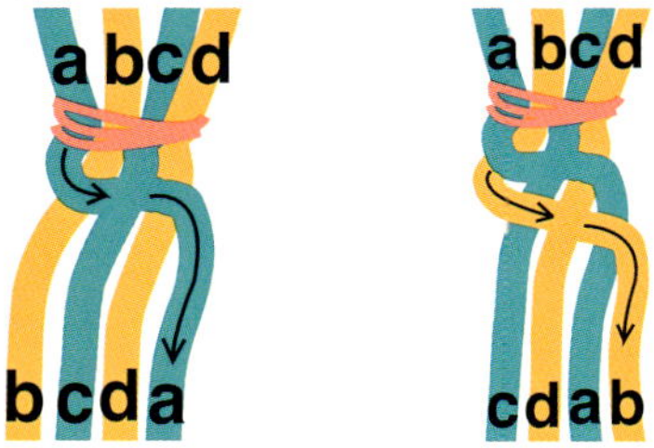

d, und lege a rechts ab. Dann führst du wieder von links b über c unter d über a und legst b rechts ab. Nun weiter so arbeiten: c über d unter a, über b und rechts ablegen. Von links d über a unter b über c und rechts ablegen. Diese vier Arbeitsschritte immer wiederholen. Am Ende die fertigen Zöpfe jeweils wieder mit einem Haargummi fixieren.

3 **Lege den kürzeren** Zopf hinten mittig auf den Mützenrand (Nähanleitung → hintere Umschlagseite), und nähe ihn von Haargummi bis Haargummi fest. Den längeren Zopf nähst du auf die vordere Mützenseite.

④ **Nun löst du** die Haargummis auf einer Seite, bündelst jeweils zwei farblich unterschiedliche Schläuche von der Vorder- und Rückseite und flichtst noch mal 10 cm einen Viererzopf. Zum Zusammenbinden strickst du einen kurzen blauen Schlauch, oder du nimmst ein Haargummi. Die andere Seite genauso arbeiten. Die Schläuche unten ungleichmäßig lang verknoten, mit einem Kleberpunkt sichern und dicht am Knoten abschneiden.

Blumiges T-Shirt

Mit Hilfe deiner Strickliesel kannst du ein langweiliges T-Shirt in null Komma nichts zu einem ausgeflippten Hippie-Outfit aufpeppen.

MATERIAL

- Hellblaue, fliederfarbene und hellgrüne Wolle
- Gelbe Glasperlen
- Rosafarbenes T-Shirt

SO WIRD'S GEMACHT

Große Blume

1. **Stricke mit der** Strickliesel einen 36 cm langen hellblauen und einen 30 cm langen fliederfarbenen Schlauch. Du benötigst außerdem einen 5 cm langen Strickschlauch aus hellgrüner Wolle.

2. **Lege den hellblauen** Schlauch entlang den Linien der Vorlage zu zwei Achten. Die Kreuzungspunkte müssen in der Mitte liegen. Dann nähst du die beiden Achten an den Kreuzungspunkten zusammen.

3. **Den fliederfarbenen Schlauch** legst du genau wie vorher den hellblauen Schlauch entlang der Vorlage zu zwei Achten in Blütenblätterform. Auch diese beiden Achten in der Mitte zusammennähen.

4. **Dann legst du** den hellgrünen Schlauch zur Spirale und nähst diese fest. Die fliederfarbenen Blütenblätter mittig auf die hellblauen legen. In die Mitte darüber legst du dann die hellgrüne Spirale. Nun kannst du alles mit einem Nähfaden in der Mitte zusammennähen.

Kleine Blume

1. **Stricke 35 cm** lange Schläuche in Hellblau und Flieder. Lege diese entsprechend der Vorlage zu einer Blume, und nähe sie in der Mitte zusammen.

2. **Beim Nähen fädelst** du ein paar Glasperlen auf und befestigst diese gleichzeitig in der Mitte. Den Faden gut vernähen.

T-Shirt

Bastle so viele große und kleine Blumen, wie du magst. Dann verteilst du sie so, wie es dir am besten gefällt, auf deinem T-Shirt. Nähe die Blumen mit Nadel und Faden auf das T-Shirt. Dabei reicht es, wenn du sie nur in der Mitte festnähst; die Blütenblätter dürfen ruhig locker bleiben.

TIPP Natürlich kannst du auch ein andersfarbiges T-Shirt verwenden, wie beispielsweise ein gelbes oder weißes. Es sollte aber möglichst einfarbig sein, sonst gehen die Blumen unter. Achte stets darauf, dass die Blüten zur Farbe des T-Shirts passen. Wenn du willst, kannst du auch einen Rock mit den Strickblumen verzieren, oder du nähst die Blumen unten auf den Saum einer Jeans. Probier es einfach aus. Du wirst sehen, dass sich damit fast jedes Kleidungsstück aufpeppen lässt.

Flechtgürtel mit Blumen

Warum einen Gürtel kaufen, wenn du den schönsten Gürtel der Welt selbst herstellen kannst? Besonders zu Jeans sieht der Flechtgürtel klasse aus!

MATERIAL

- Orange- und beigefarbene Wolle
- 4 naturfarbene Holzperlen mit 15 mm Ø
- Je 1 große und kleine Holzblüte in Orange (Bastelladen)

SO WIRD'S GEMACHT

1 **Stricke je einen** orange- und beigefarbenen Schlauch in 150 cm Länge. Beide Schläuche nebeneinander und dann zur Hälfte legen. Mach nun einen Knoten in alle vier nebeneinander liegende Schläuche, sodass eine Schlinge mit 3 cm Länge entsteht.

2 **Nun flichtst du** aus den vier nebeneinander liegenden Schläuchen einen Zopf mit deiner Taillenlänge minus 3 cm plus 8 cm. Beim Flechten beginnst du immer mit dem linken Strang in folgender Reihenfolge:

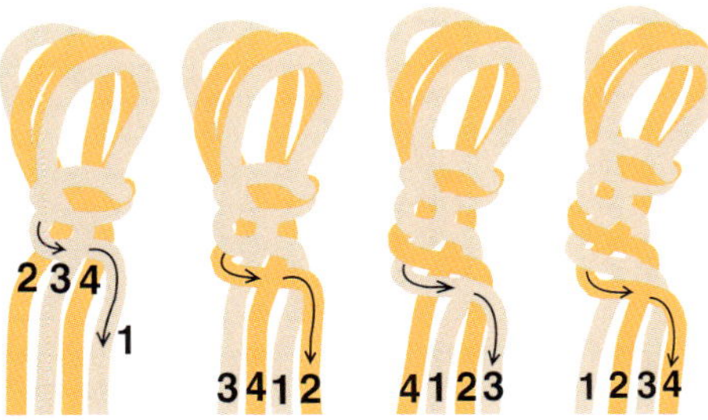

1 über 2, unter 3, über 4, dann rechts ablegen.
2 über 3, unter 4, über 1, dann rechts ablegen.
3 über 4, unter 1, über 2, dann rechts ablegen.
4 über 1, unter 2, über 3, dann rechts ablegen.

Danach beginnst du wieder von vorne und arbeitest so weiter. Zum Schluss vernähst du die Enden der Schläuche nebeneinander.

3 **Sind die Schläuche** zu lang, löst du die Fäden aus der letzten Masche und trennst die Schläuche bis zur gewünschten Länge auf. Dann die Fäden jeweils kürzen und vernähen (→ Seite 5). Eine andere Möglichkeit bei zu langen Schläuchen ist, diese abzuschneiden. So kannst du mit dem Rest auch noch etwas basteln. Dafür schneidest du den zu langen Schlauch 3 cm länger ab als die benötigte Länge und ribbelst ihn 3 cm auf. Den Faden kürzen und vernähen.

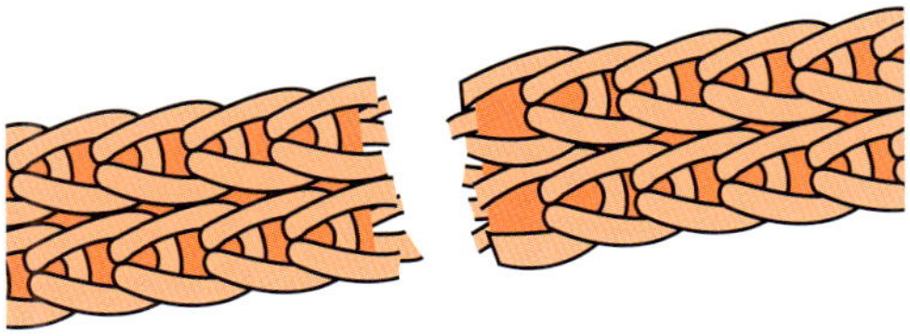

4 **Jetzt nähst du** mit 10 und 18 cm Abstand zum vernähten Gürtelende zwei Holzperlen mittig auf den Gürtel. Zum Schließen ziehst du das vernähte Gürtelende durch die Schlaufe. Dann klappst du es über die Holzperlen und schiebst die Holzperlen wie Knöpfe auf die Vorderseite durch.

5 **Für die Verzierung** mit Perlen und Blumen häkelst du je zwei orange- und beigefarbene Luftmaschenketten, die zwischen 17 und 25 cm lang sind. In je ein Ende knotest du eine Perle oder eine Blüte ein. Die anderen Enden der Ketten nähst du unter der zweiten Perle auf der Unterseite des Gürtels fest.

Barbies edles Party-Outfit

Mit diesem selbst gemachten Rock mit passendem Oberteil ist deine Barbie garantiert die Schönste weit und breit. Auch in anderen Farben sieht beides toll aus.

MATERIAL

- Violettes, rosa- und pinkfarbenes Glanzgarn

SO WIRD'S GEMACHT

1 **Für den Rock** benötigst du je 200 cm violetten und rosafarbenen Strickschlauch, für das Oberteil ungefähr 50 cm in Rosa.

2 **Lege den langen violetten** und rosafarbenen Strickschlauch nebeneinander, und häkle beide der Länge nach mit dem pinkfarbenen Garn zusammen (→ Seite 6). Stich dabei gleichmäßig in jedes nebeneinander liegende Maschenglied ein, denn die Stiche sind auf der Vorderseite zu sehen, was besonders schick wirkt. Kannst du noch nicht so gut häkeln, dann nimmst du ein Garn in Violett oder Rosa, das sieht man dann nicht.

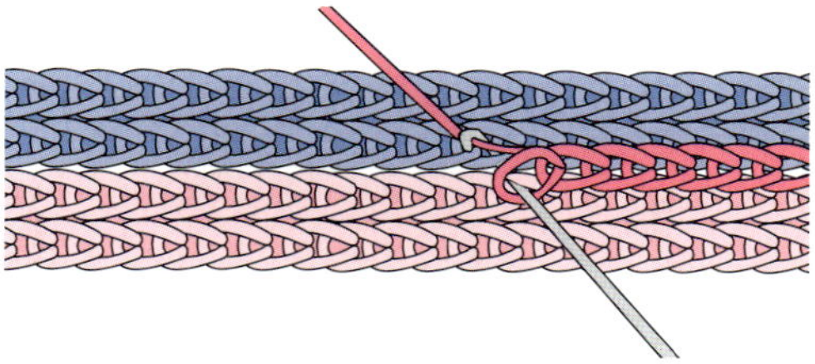

3 **Zum Zusammennähen des** Rockes legst du das zusammengehäkelte Band zuerst um Barbies Hüfte, denn das ist die Stelle mit dem größten Umfang. Wenn du in der Taille beginnst, könntest du den Rock später nicht mehr ausziehen! An der Hüfte nähst du das Bandende zum Ring auf den Schlauch. Nun häkelst du die Schlauchwindungen von oben nach unten zusammen.
Sie verlaufen dabei leicht schräg nach unten. Hast du schon zwei Runden verbunden, dann schiebst du den Ring bis in die Taille.

4 **Lass den Rock** bis zu den Kniekehlen hin immer schmaler werden. Von da bis zur Wade häkelst du den Rock wieder gerade nach unten. Nun ziehst du den Rock aus. Lege das übrige Schlauchband flach als Kreis um den unteren Rockrand, und häkele es als Rüsche an. Die Rüsche muss ganz weit wie ein Teller werden, so steht sie schön ab. Zum Abschluss nähst du den Doppelschlauch auf der Rückseite fest. Nun kannst du den Rock auf die richtige Seite umkrempeln.

TIPP

Glanzgarn schaut besonders edel aus, ist aber nur für echte Stricklieselprofis zu empfehlen. Wer noch nicht so viel Übung hat, verwendet einfaches Wollgarn. Wenn du dieses dann später mit Glitzerwolle statt mit einfacher Wolle zusammennähst, sieht es richtig peppig aus.

5 **Für das Oberteil** legst du den rosafarbenen Schlauch so um die Brust, dass ein Ende von der Brustmitte nach hinten über die Schulter 10 cm herabhängt. Führe das lange Ende des Schlauchs unter der Brust um den Oberkörper, und häkle oder nähe ihn vorne in der Mitte zum Ring zusammen.

6 Dann wickle den Schlauch für das Top insgesamt viermal quer über die Brust. Häkle oder nähe die Schläuche dabei aneinander. Bist du zum Schluss wieder vorne angelangt, ziehst du den restlichen Strickschlauch unter dem Oberteil über Kreuz zur anderen Schulter durch und nähst ihn an der Oberkante des Oberteils fest. Die beiden Bandenden werden im Nacken wie bei einem Neckholder-Top verknotet.

Sommerkleid für Barbie

Warum für Barbie teure Klamotten kaufen, wenn du die schönsten Kleider auch billig selbst machen kannst? Versuch's doch mal! Du wirst sehen, es ist leicht und macht Spaß.

MATERIAL

- Orange-, pinkfarbenes und rotes Garn

SO WIRD'S GEMACHT

1 **Stricke aus dem** orangefarbenen und roten Garn je fünf Schläuche, aus dem pinkfarbenen zwei Schläuche, die zwischen 14 und 18 cm lang sind. Aus dem pinkfarbenen Garn benötigst du außerdem einen Schlauch mit mindestens 20 bis 25 cm und einen mit 30 bis 36 cm Länge. Diese werden für die Träger verwendet. Als Gürtel benötigst du außerdem einen 20 cm langen orangefarbenen Strickschlauch.

2 **Vernähe immer ein** Ende aller Schläuche, auf der anderen Seite werden die Enden verknotet. Die vernähten Enden müssen beim Zusammenhäkeln immer auf gleicher Höhe liegen: Lege zunächst einen orangefarbenen Schlauch neben einen roten, und häkle die beiden der Länge nach zusammen (→ Seite 6). Neben den roten häkelst du einen pinkfarbenen, einen orangen und noch einen roten. Dann häkelst du den kürzeren pinkfarbenen Trägerschlauch so fest, dass der Träger an der Oberkante 6 cm übersteht.

3 **Jetzt häkelst du** für die Vorderseite zwischen den Trägern einen orangefarbenen und dann einen roten Schlauch an; diese sind in gleicher Höhe wie diejenigen vor dem Träger. Nun kommt der pinkfarbene, lange Trägerschlauch an die Reihe, der für den Träger und die hintere Mitte des Kleides ist. Dafür lässt du den Schlauch an der Oberkante mindestens 23 cm überstehen.

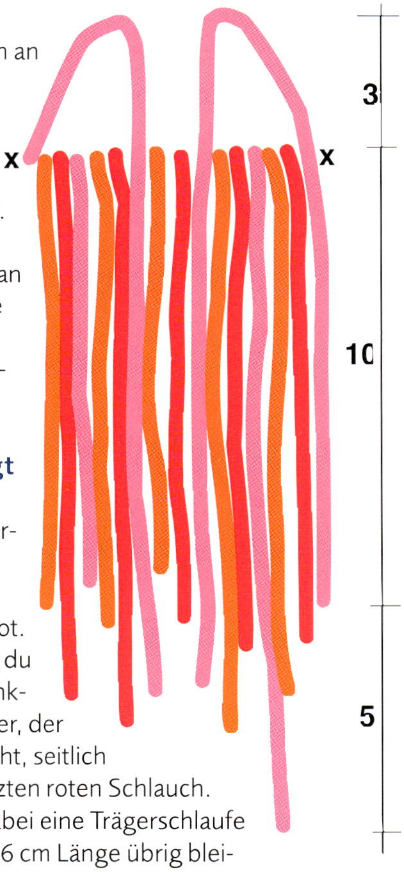

4 **Nun folgt wieder** in Höhe der Oberkante Orange, Rot, Pink, Orange und Rot. Danach ziehst du den langen pinkfarbenen Träger, der 23 cm übersteht, seitlich neben den letzten roten Schlauch. Oben muss dabei eine Trägerschlaufe mit insgesamt 6 cm Länge übrig bleiben. Den Rest des Trägerschlauches häkelst du an den letzten roten Schlauch. Dann legst du den ersten orangefarbenen Schlauch x auf x auf den letzten pinkfarbenen und verbindest auch diese beiden. Der noch offene Träger wird dabei dort an das Kleid gehäkelt, wo auch der andere Träger sitzt. Zum Schluss ziehst du deiner Barbie das Kleid an und bindest ihr den Gürtel um die Taille.

Kleine Biegepüppchen

Diese niedliche Puppenfamilie sucht ein neues Zuhause. Wenn du schön fleißig bist, zieht sie bestimmt gern bei dir ein.

MATERIAL

- Hautfarbene Wolle für den Körper
- Verschiedenfarbige Wollreste für die Haare, Bastelkleber
- Holzperlen mit Lochbohrung für die Köpfe, je 25 mm Ø
- Chenilledrähte in Hautfarben oder Beige
- Bunt- oder Lackstifte in Rot und Blau
- Stoffreste und Bänder für die Kleidung

SO WIRD'S GEMACHT

1 **Für die Beine,** Rumpf und Hals brauchst du pro erwachsene Figur zwei je 15 cm lange hautfarbene Strickschläuche und einen 13 cm langen Schlauch für die Arme. Für ein Kinderpüppchen benötigst du für Beine, Rumpf und Hals zwei 11 cm lange Strickschläuche. Für die Arme genügt ein 8 cm langer Schlauch. Beim Stricken jedes Schlauches gibt es eine Besonderheit: Wenn du die ersten drei bis fünf Runden gestrickt hast, steckst du einen Chenilledraht in die Mitte der Strickliesel, mitten in den Schlauch hinein. Vorher schneidest du ihn auf die passende Strickschlauchlänge ab. Beim Stricken wird der Chenilledraht im Schlauch versenkt. So hast du am Ende den umstrickten Draht, der sich in jede Form biegen lässt.

2 **Hast du die** Drähte für jede Figur umstrickt, biegst du die Füße jeweils 2 cm um. Wickle einen Faden um jedes Fußgelenk, und vernähe ihn dort.

3 **Lege jeweils zwei** Beine mit den Füßen nach vorne nebeneinander. In 5 cm Beinlänge verdrehst du die beiden Schläuche 3 cm hoch miteinander, das ist der Körper. Lege nun den Schlauch für die Arme mittig dazwischen. Dann die Körperdrähte darüber weiter für den Hals verdrehen. Am Ende der Arme biegst du für die Hände die Strickschläuche 1,5 cm breit um, wickelst einen Faden um jedes Handgelenk und vernähst ihn.

4 **Stecke jeweils eine Holzperle** auf jeden Hals. Dazu musst du die Strickschläuche vorher sehr fest miteinander verdrehen. Klappt das nicht, steckst du von oben eine dünne Häkelnadel durch die Bohrung der Perle, ziehst die Fäden der Strickschläuche hoch und kannst nun mit der Häkelnadel die verdrehten Strickschläuche durchziehen.

TIPP

Bei der Bekleidung hilft dir sicherlich deine Mama oder eine große Schwester: Hosen werden aus zwei Rechtecken mit einem Schlitz in der Mitte genäht, Röcke aus geraden Stücken, die oben in Falten gelegt werden, und Oberteile aus zwei Teilen, die wie ein »T« aussehen. Schleifenbänder dienen als Gürtel oder Krawatte. Die Weste des Vaters ist aus einem Filzstück geschnitten und geklebt, sein Pullover ist selbst gehäkelt.

Steckt der Kopf auf den Strickschläuchen, gib sicherheitshalber noch einen Tropfen Kleber in das Loch der Perle, damit er ganz fest sitzt.

5 **Male blaue Punkte** für die Augen und einen kleinen roten Mund auf jedes Gesicht. Für die Haare der Mutter träufelst du Bastelkleber über die Perle und klebst etwa 15 cm lange Wollfäden mittig über den Kopf. Du kannst einen Wollfaden als Mittelscheitel darüber kleben. Für das Kind klebst du die Haare rund um den Kopf auf, sodass du einen Pferdeschwanz binden kannst. Der Vater erhält kürzere Haare, die du zum Schluss noch witzig schneiden darfst. Aus kurzen Wollstücken bekommt er außerdem einen Schnurrbart über die Lippe geklebt.

Fröhliche Tiere

Mit der Strickliesel kannst du sogar einen ganzen Zoo basteln. Die Anzahl der Zoobewohner lässt du einfach nach Lust und Laune wachsen.

MATERIAL

- → Wollreste in verschiedenen Farben
- → 4 Holzperlen mit Lochbohrung, je 5 mm Ø (Fühler: Schmetterling und Schnecke)
- → 2 braune Chenilledrähte (Schlange und Schaf)
- → Roter Tonkarton (Schnabel für die Ente und Zunge für die Schlange)
- → Kartonrest
- → 4 schwarze Glasperlen (Augen für Ente und Schaf)
- → 2 Holz- oder Wattekugeln, 30 und 15 mm Ø (Ente)

SO WIRD'S GEMACHT

Schaf

Für den Körper benötigst du aus wollweißer Wolle einen ca. 50 cm langen Strickschlauch. Für den Kopf brauchst du einen 8 cm langen Schlauch in Hellbraun und für das Gras einen 25 cm langen Schlauch in Grün. Schneide aus einem Kartonrest ein Oval mit 6 cm Länge und 4 cm Breite. Bestreiche es beidseitig mit Kleber, und wickle den wollweißen Schlauch vom Schwanz bis zum Kopf darum. Daran anschließend wickelst du den hellbraunen Schal für den Kopf. Dann biegst du zwei je 4 cm lange Chenilledrahtstücke zur Schlinge und klebst sie als Ohren auf. Für die Augen nimmst du schwarze Glasperlen. Als Gras klebst du zum Schluss rund um das Schaf herum den grünen Strickschlauch an.

Ente

Stricke aus gelber Wolle zwei 7 cm lange Schläuche für die Flügel und einen 50 cm langen für Körper und Kopf. Klebe die kleinere Kugel für den Kopf auf die größere für den Körper. Bestreiche beide Kugeln mit Kleber, und umwickle den Körper und den Kopf dicht mit dem langen gelben Schlauch. Schlage die Schläuche für die Flügel jeweils zur Hälfte aufeinander, und nähe jeden Flügel von der Kante aus zusammen. Dann werden die Flügel einfach seitlich auf den Körper geklebt. Schneide ein gefaltetes, 1,5 x 2 cm großes, rotes Tonkarton-Rechteck vom Knick weg zum Dreieck, und klebe es als Schnabel auf. Als Augen klebst du zwei Glasperlen auf.

Schlange

Stricke mit grüner Wolle und einem eingelegten Chenilledraht (→ Seite 30) einen 40 cm langen Schlauch. Darauf stickst du gelbe Kreuze. Biege die Schlange, und schneide eine lange rote Zunge aus Karton. Die Zunge wird zum Schluss aufgeklebt.

Schnecke

Stricke einen ungefähr 35 cm langen Schlauch in Braun und einen 22 cm langen in Beige. Häkle oder nähe die beiden Schläuche der Länge nach zusammen (→ Seite 6). Das überstehende braune Ende faltest du bis zum beigen Schlauch um und nähst es dort fest – das ist der Körper. Den zweifarbigen Doppel-

schlauch wickelst du zum Schneckenhaus auf und nähst es zusammen. Häkle zwei Fühler aus je drei festen Maschen. Auf jedes Fühlerende eine Perle ziehen und mit Kleber sichern.

Schmetterling

Stricke je zwei 25 und 30 cm lange melierte Schläuche mit der Strickliesel. Außerdem benötigst du einen 14 cm langen braunen Schlauch für den Körper. Den Körper zur Hälfte zusammenlegen und längs verbinden. Die übrigen Schläuche zu Spiralen nähen. Die Spiralen klebst du als Flügel neben den Körper. Danach häkelst du wie bei der Schnecke zwei Fühler mit je 3 festen Maschen an. An den Fühlerenden die Perlen auffädeln, verknoten und mit Kleber sichern.

Mütze für den Teddy

Teddy kann sie das ganze Jahr tragen. Zur Weihnachtszeit ist er deshalb gewiss bereit, dir die Mütze hin und wieder zu leihen.

MATERIAL

- Rote und weiße Wolle

SO WIRD'S GEMACHT

1. **Stricke aus roter** Wolle mit der Strickliesel einen sehr langen Schlauch. Je nachdem, wie groß dein Teddy ist, sollte er mindestens 200 cm lang sein, wahrscheinlich aber sogar noch länger.

2. **Wickle den Anfang** des Schlauchs locker um den Kopf des Teddys, damit du weißt, wie groß der Umfang sein muss. Dann nähst oder häkelst du den Ring zusammen.

3. **Lege den Ring** anschließend zur Hälfte aufeinander geklappt auf den Tisch, und miss diese Länge. Zeichne auf ein Blatt Papier eine Linie mit dieser Länge und darüber ein Dreieck. Das Dreieck muss mindestens doppelt so hoch sein, wie deine Linie lang ist. Das ist die Form der halben Mütze, du kannst sie aber auch noch länger machen.

4. **Nun nähst du** die Schlauchwicklungen aufeinander. Lege dabei das Genähte immer wieder auf die Zeichnung, um zu überprüfen, ob die Form stimmt. Bist du an der Spitze angelangt, vernähst du den Faden. Eventuell musst du den Strickschlauch kürzen (→ Seite 25). Anschließend die Mütze wenden.

5. **Für die Quaste** wickelst du weiße Wolle mehrmals um eine Hand. Ziehe einen Faden unter allen Wicklungen durch, verknote ihn ganz fest, und löse dann die Wicklungen von der Hand. Dann bindest du die Wollfäden dicht bei dem verknoteten Faden mit einem weiteren Wollfaden zusammen. Am anderen Ende werden die Wollfäden aufgeschnitten, bevor du die Quaste als Zipfel an die Mütze nähst.

TIPP

Für die Mütze kannst du auch viele verschiedene Wollreste nehmen, die du miteinander verknotest. Beim Stricken steckst du die Fadenenden in den Strickschlauch, dann sieht man sie nicht.

Praktische Hüllen

Trinkflasche und Lipgloss sind mit diesen Stricklieselhüllen richtige Schmuckstücke. Zudem schützen die Hüllen den Inhalt vor Stoß, aber auch vor Kälte und großer Hitze.

MATERIAL

→ Melierte und unifarbene Wolle

SO WIRD'S GEMACHT

Lipglosshülle

❶ **Stricke aus melierter** Wolle einen etwa 90 cm langen Schlauch. Nimm den Lipgloss oder Labello, und lege mit dem Strickschlauch über dem Boden des Lippenstiftes eine flache Spirale. Diese Spirale nähst du von der Mitte aus zusammen. Ist der Kreis genauso groß wie der Lippenstiftboden, nähst du außerdem noch eine zusätzliche Rundung als Rand auf.

❷ **Die nächste Schlauchrunde** nähst du über den Rand, um die Wand des Lipglosses herum. Wickle nun immer eine Runde um den Lippenstift herum, und nähe sie fest.

❸ **Wiederhole das** so oft, bis du oben angelangt bist. Ist dein Schlauch zu lang, schneidest du ihn mit 3 cm Zugabe ab und vernähst ihn (→ Seite 25). Jetzt krempelst du die Hülle einmal um, sodass die richtige Seite außen liegt. Abschließend brauchst du nur noch eine 60 cm lange Luftmaschenschnur häkeln, die du mittig um die Hülle nähst.

Trinkflaschenhülle

Sie wird genauso wie die Lipglosstasche gearbeitet, du brauchst nur viel mehr Strickschlauch. Zum Schluss strickst du aus der einfarbigen Wolle zwei je 90 cm lange Schläuche für die Träger. Diese mittig unter den Boden der Hülle über Kreuz legen und festnähen. Dann an vier Seiten auf die Hülle nähen und über der Flasche verknoten.

Serviettenringe

Die gestrickten Serviettenringe sind ein prima Geschenk für deine Eltern. Vielleicht kocht Mama oder Papa dir zum Dank dafür dein Lieblingsgericht ...

MATERIAL

- Hellgrüne, gelbe, orange-, rosa-, lachsfarbene und orange melierte Wollreste
- Papprolle oder Glas mit etwa 5 cm Ø

SO WIRD'S GEMACHT

Geknoteter Serviettenring (für die Kleinsten unter euch)

1 **Stricke drei Schläuche** mit jeweils 45 cm Länge aus orangefarbener, orange melierter und lachsfarbener Wolle. Vernähe die Fadenenden auf beiden Seiten der Strickschläuche. Du kannst aber auch die Enden ganz fest verknoten. Dann die Schläuche dicht am Knoten abschneiden und zur Sicherheit einen Tropfen Kleber auf die Knotenenden geben, damit die Schläuche nicht wieder aufribbeln.

2 **Binde die Schläuche** locker um das Glas oder die Papprolle, und verknote sie. Nun nähst oder häkelst du die nebeneinander liegenden Strickschläuche zusammen (→ Seite 6). Zum Schluss kannst du alle sechs Schläuche noch einmal miteinander verknoten, bevor du das Glas oder die Rolle entfernst.

Geflochtener Serviettenring

1 Stricke je zwei Schläuche in Hellgrün, Gelb und Orange, die jeweils 35 cm lang sind. Flechte daraus zwei Zöpfe. Jeder Zopf hat einen gelben, grünen und einen orangefarbenen Strang.

2 **Nähe oder häkle** die beiden Zöpfe der Länge nach aneinander, sodass du ein breites, flaches Band erhältst. Nun legst du dieses Band um das Glas und nähst es als Ring zusammen. Hinterher auf die richtige Seite wenden.

Ring mit Wellenlinien

1 **Stricke einen Schlauch** aus hellgrüner Wolle mit 50 cm Länge und einen aus rosa Wolle mit 70 cm Länge.

2 **Wickle den hellgrünen** Schlauch etwa viermal um das Glas oder die Papprolle, und nähe ihn als Ring zusammen. Den Ring vom Gegenstand abziehen und umkrempeln.

3 **Jetzt legst du** den rosa Schlauch in dichten Schlangenlinien auf den hellgrünen Ring und klebst die Wellen mit Textilkleber fest.

TIPP

Die Serviettenringe sind ein tolles Geschenk zum Vater- oder Muttertag. Aber auch Oma und Opa freuen sich zu Weihnachten oder zum Geburtstag bestimmt darüber. Die Farben wählst du am besten so, dass sie zu den Tellern passen. Ideal ist es, wenn du dazu noch eine Packung schöner Papierservietten besorgst.

Lustige Eierwärmer

Diese Zipfelmützen und Küken sind immer gern gesehene Gäste auf dem Frühstückstisch, denn sie sorgen für gute Laune und halten die Eier warm.

MATERIAL

- Rosa und mintgrüne Wolle
- Plastikei

Pro Küken

- 2 Wackelaugen mit 10 mm Ø
- 4 x 2 cm gelber Filz
- Textilhärter

Pro Zipfelmütze

- Eventuell Glöckchen

SO WIRD'S GEMACHT

Küken

1. **Für ein Küken** stricke zwei Schläuche mit je 55 cm Länge aus mintgrüner oder rosa Wolle. Lege einen Schlauch auf der Spitze des Plastikeies zur Schnecke, und nähe diese zusammen. Nun wickle den Strickschlauch immer eine Runde um das Ei; dabei die Wicklungen aneinander nähen. Bist du mit dem Schlauchende an der dicksten Stelle vom Ei angekommen, wird der Faden vernäht.

2. **Für die untere** Hälfte des Eis nimmst du den zweiten Strickschlauch und gehst genauso vor wie beim ersten, bis die beiden Eihüllen aneinander stoßen. Wenn das Ei vollständig bedeckt ist, kannst du das Ende des zweiten Schlauchs vernähen. Ist der Schlauch zu lang, schneide ihn mit 3 cm Überlänge ab, und vernähe anschließend den Faden (→ Seite 25).

3. **Bestreiche das Unterteil** der Eihülle auf der Innenseite mit Textilhärter, und lasse den Härter nach Herstellerangaben vollkommen austrocknen.

4. **Inzwischen faltest du** das Filzstück quer zur Hälfte und schneidest von der Falte (Bruch) weg ein Dreieck. Tropfe etwas Kleber innen in die Falte, und drücke den Schnabel zusammen. Nun kannst du ihn außen entlang der Falte auf die obere Eihülle kleben. Darüber klebst du zu beiden Seiten die Wackelaugen.

Zipfelmütze

1. **Stricke pro Mütze** einen 90 cm langen Schlauch. Den Schlauchanfang wickelst du locker um die dickste Stelle des Plastikeies und schließt ihn mit Nadel und Faden zum Ring. Nun legst du immer eine Runde mit dem Strickschlauch um das Ei und nähst diese fest. Nach drei Wicklungen nimmst du das Ei weg. Nähe von nun an die Wicklungen in Zipfelmützenform immer spitzer nach oben. Die Zipfelmütze soll ungefähr 12 cm lang sein. Den Faden am Ende vernähen.

2. **Fädle durch die** Öse des Glöckchens einen Wollfaden, und verknote ihn. Dann holst du die Fäden vom Inneren der Mützenspitze mit der Häkelnadel durch eine Masche und knotest sie innen fest. Oder du bastelst einen Pompon (→ letzte Umschlagseite) und befestigst diesen auf die gleiche Weise wie das Glöckchen an der Mützenspitze.

Klangspiel mit Federn

Das Klangspiel im Indianer-Stil hängst du am besten an der Tür oder vor dem Fenster auf. Auf die Weise wird es vom Wind oder beim Eintreten zum Klingen gebracht.

MATERIAL

- Naturfarbene, hellgraue und hellbraune Wolle
- 6 Klangstäbe
- 1 Metallring mit 12 cm Ø
- 3 Holzperlen mit 25 mm Ø
- Mehrere Federn in Naturfarben

SO WIRD'S GEMACHT

1 **Stricke aus den** drei verschiedenfarbigen Wollgarnen je einen 30 cm langen Strickschlauch. Die drei Schläuche an einer Seite zusammenknoten, an der anderen Seite an den Metallring knoten, sodass dieser gerade hängt. Anschließend an die Decke hängen.

2 **Stricke außerdem** fünf bis acht 40 bis 50 cm lange Schläuche aus den verschiedenen Farben. Die Wollfäden dabei an den Enden und am Anfang jedes Schlauches ca. 20 cm lang herabhängen lassen.

3 **Mit den Fäden** knotest du die Klangstäbe in die Enden der langen Schläuche. In drei weitere Schlauchenden werden die Holzperlen geknotet und zusätzlich mit einem Klebertropfen gesichert.

4 **Nimm einen langen** Strickschlauch mit Perlen und/oder Klangstäben, und wickle ihn so um den Ring, dass die Objekte leicht unterschiedlich lang herabhängen. Den Strickschlauch mit Kleber am Ring fixieren. Die anderen Schläuche ebenso verarbeiten, sodass die Objekte rund um den Ring herabhängen und der Ring bedeckt ist.

5 **Zum Schluss steckst** du die Kiele der Federn in die Strickschläuche und fixierst sie jeweils mit einem Klebertropfen.

TIPP

Natürlich kannst du auch kunterbunte Federn nehmen und die Strickschläuche aus farbenfrohen Wollresten herstellen.

Wollige Untersetzer

Dank der gestrickten Untersetzer für Tassen und Gläser wird nicht immer gleich die Tischdecke schmutzig, wenn man mal etwas verschüttet. Deine Mama wird's freuen!

MATERIAL

- Hellgrüne, lachs- und pinkfarbene Wolle

SO WIRD'S GEMACHT

Runder Untersetzer

Stricke einen pinkfarbenen Schlauch der ungefähr 80 cm lang ist. Lege den Anfang des Schlauchs zu einer flachen Spirale, und nähe diese fest. Nun wickelst du den Schlauch um die Mitte herum und nähst die Wicklungen immer wieder an der vorhergehenden fest.

Quadratischer Untersetzer

1. **Stricke aus der** hellgrünen Wolle einen 72 cm langen Schlauch. Klappe den Schlauch nach 8 cm um, sodass zwei Schläuche nebeneinander liegen. Diese zusammennähen. Den Vorgang noch siebenmal wiederholen, dann hast du ein Quadrat mit 8 x 8 cm.

2. **Als Abschluss umhäkelst** du den Untersetzer rundherum mit festen Maschen; dabei häkelst du in den Ecken drei feste Maschen in das gleiche Loch.

TIPP
Die Untersetzer müssen während des Zusammennähens flach auf dem Tisch aufliegen, damit sie sich nicht wellen oder verziehen.

Sechseckiger Untersetzer

1. **Stricke einen etwa** 80 cm langen Schlauch aus lachsfarbener Wolle. Lege den Schlauch am Rand entlang der Vorlage auf, und nähe in den Ecken immer drei Maschen zusammen. Auf diese Weise entsteht die äußere Form des Sechsecks.

2. **Nun legst du** innerhalb der ersten eine zweite Schlauchwicklung dicht daneben. Diese nähst du an der außen liegenden Wicklung fest. Dabei werden in den Ecken immer zwei Maschen zusammengenäht. Arbeite dich so bis zur Mitte vor, bis das Sechseck gefüllt ist. Ist der Strickschlauch zu lang, schneidest du ihn 3 cm länger als benötigt ab. Dann ribbelst du den Schlauch auf und vernähst den Faden (→ Seite 25).

Tolle Topflappen

Die Topflappen sehen super aus und sind absolut praktisch, um sich beim Kochen nicht die Finger zu verbrennen. Ein prima Geschenk für deine Mama oder deinen Papa.

MATERIAL

→ Schwarze, weiße und hellgraue Wolle

SO WIRD'S GEMACHT

Runder Topflappen

1 **Stricke aus der** schwarzen und weißen Wolle einen Schlauch, der etwa 300 cm lang ist. Das reicht für einen Topflappen mit 17 cm Durchmesser. Für den Schwarz-Weiß-Wechsel strickst du ungefähr 12 cm einer Farbe, dann schneidest du den Faden ab, verknotest ihn mit der anderen Farbe und strickst weiter. Dabei sollen die Fadenenden sich beim Stricken in das Innere des Strickschlauchs legen, damit sie später von außen nicht zu sehen sind.

2 **Lege den Anfang** des Schlauchs zur Spirale, und nähe diese zusammen. Wickle jetzt immer eine Rundung um die vorherige, und nähe die neue an die vorherige Wicklung. Achte dabei darauf, dass der Kreis flach liegt. Am Ende formst du eine 4 cm große Schlinge als Aufhängung.

Quadratischer Topflappen

1 **Stricke aus der** hellgrauen Wolle fünf Schläuche und aus der weißen vier Schläuche mit je 35 cm. Aus der weißen Wolle brauchst du zusätzlich einen 75 cm langen Schlauch für die Umrandung mit Aufhängeschlaufe.

2 **Nähe jeden Schlauch** zu einem 5 x 5 cm großen Quadrat zusammen (→ quadratischer Untersetzer Seite 41), dann die Quadrate zum Topflappen. Dabei versetzt du immer ein weißes und ein graues Quadrat. Nähe als Rand den langen weißen Schlauch um den Topflappen. Den überstehenden Rest vernähst du an einer Ecke zur Schlaufe.

TIPP

Du kannst auch jedes Quadrat oder jeden Abschnitt in einer anderen Farbe stricken. So werden kunterbunte Wollreste verarbeitet.

Mäntel für Gläser und Vasen

Wer aus Mamas langweiligen Teegläsern und Blumenvasen etwas Besonderes machen will, braucht sich nur an die Strickliesel zu setzen. Das Ergebnis kann sich sehen lassen.

MATERIAL

- Melierte Wolle in Gelb-Orange- sowie Rot-Orange-Tönen
- Glasvase oder -behälter und Teegläser
- Bastelkleber

SO WIRD'S GEMACHT

Teeglasmantel

1. Miss den Umfang des Teeglases aus, und nimm dieses Maß mal fünf – so erhältst du die Länge des benötigten Strickschlauches pro Glas.

2. Stricke den Schlauch in der passenden Länge. Vernähe die Fäden am Anfang und Ende. Dann den Schlauch unterhalb des Griffes um das Glas wickeln und die Wicklungen mit Textilkleber aufeinander kleben.

Blumenvasenmantel

1. Stricke den Schlauch so lang, dass er von unten bis oben um das Glasgefäß reicht, das du als Blumenvase verwenden möchtest. Du kannst aber auch dazwischen immer wieder einen Streifen frei lassen, das wirkt auch ganz toll. Probiere einfach aus, was dir am besten gefällt.

2. Klebe den Strickschlauch mit Bastelkleber direkt auf das Glas. Beim Ausspülen der Vase musst du aber stets vorsichtig sein. Es sollte möglichst kein Wasser an den Strickmantel kommen.

TIPP

Als Vase kannst du jedes Schraub- oder Joghurtglas, aber auch Milchflaschen etc. verwenden. Wenn du kein Glas für die Form hast, die du dir vorstellst, oder nicht direkt auf Glas kleben willst, dann nimm eine Papprolle, oder forme selbst einen Zylinder aus Karton. Ist der Karton fertig ummantelt, kannst du einfach ein kleineres Trink- oder Schraubglas in diese Ummantelung hineinstellen und mit Wasser für Blumen füllen.

Hübsche Strickschälchen

Voll im Trend liegen diese interessanten Schalen im Natur-Look, die sich auf dem Ess- oder Couchtisch äußerst gut machen und dazu noch sehr praktisch sind.

MATERIAL

- Blau und rot meliertes Garn
- Textilhärter (Bastelladen)
- Viereckige und runde Schale aus Glas oder Porzellan zum Abformen

SO WIRD'S GEMACHT

Runde Schale

1. **Stricke einen sehr** langen Schlauch aus rot melierter Wolle. Für ein rundes Schälchen mit 15 cm Durchmesser benötigst du 200 bis 250 cm Strickschlauch.

2. **Lege das Schälchen** umgedreht auf den Tisch. Forme auf der Bodenmitte eine Spirale, und nähe diese zusammen. Dann legst du immer mehr Wicklungen darum herum und nähst sie fest, bis der Boden der Schale vollständig bedeckt ist.

3. **Nun legst du** den Schlauch weiter um den Rand des Schälchens. Auch diese Wicklungen festnähen, bis das Schälchen vollständig umstrickt ist.

4. **Bestreiche das** Strickschälchen auf der außen liegenden Fläche mit Textilhärter, und lasse es über Nacht trocknen; dabei sollte es über der Glas- oder Porzellanschale liegen bleiben. Am nächsten Tag kannst du die Strickschale aus der Form lösen.

Eckige Schale

1. **Stricke aus der** blau melierten Wolle einen Schlauch, der zwischen 200 und 250 cm lang ist.

2. **Lege eine eckige** Schale umgedreht auf den Tisch, und forme zuerst mit dem Schlauch für den Boden ein entsprechend großes Quadrat (→ Seite 41). Dieses festnähen. Dann legst du den Strickschlauch um die Seitenwände und nähst eine Runde nach der anderen fest. Lass dabei die Strickarbeit immer auf der Schale liegen, sonst werden die Ecken nicht schön.

3. **Nun bestreichst du** das Strickschälchen von außen mit Textilhärter. Diesen über Nacht auf der Schale liegend trocknen lassen. Anschließend die Form aus der Schale lösen.

Brillenetui

Gut geschützt sind Brillen in diesem schönen Stricketui. Wichtig ist nur, dass du Wolle verwendest die nicht fusselt, damit die Brille schön sauber bleibt.

MATERIAL

- Braune und beige Wolle (fusselfrei)
- Dünner Karton

SO WIRD'S GEMACHT

1 **Stricke aus der** beigen Wolle zwei Schläuche mit je 42 cm, aus der braunen zwei Schläuche mit jeweils 150 cm Länge.

2 **Lege das Ende** eines braunen Schlauches 8 cm um, und nähe es mit der daneben liegenden Wicklung zusammen. Nun wickelst du den Strickschlauch um diesen Streifen herum, so entsteht das Oval. Achte darauf, dass es flach liegt und nicht wellt oder einzieht.

3 **Ist das Oval** etwa 6 x 14 cm groß, umrandest du es mit einem beigefarbenen Strickschlauch. Dieser dient zur Zierde als Bordüre. Danach ein zweites Etuiteil für die Rückseite genauso arbeiten.

4 **Nun legst du** beide Teile genau übereinander und nähst sie an drei Seiten entlang des braunen Randes zusammen. Die beigefarbene Bordüre wird nicht vernäht, sondern bleibt locker übereinander liegen – das sieht hübscher aus.

5 **Beim Zusammennähen** der beiden Etuiteile lässt du an einem schmalen Ende einen sechs bis sieben Zentimeter breiten Schlitz offen. Der Schlitz ist wichtig, da durch ihn die Brille eingesteckt wird.

TIPP

Wenn du noch einen Schlauch strickst, der etwa 80 cm lang ist, kannst du diesen beidseitig an das Etui nähen. So lässt sich das Brillenetui auch umhängen.

6 **Schneide aus** dem dünnen Karton ein Oval, das so groß ist wie das braune Innenteil. Nimm dafür am besten die Vorlage als Maß. Sie zeigt ein Viertel des Etuis, du musst sie also viermal nebeneinander aufmalen. Zum Schluss steckst du das Kartonstück zur Verstärkung in das Etui und klebst es innen mit ein paar Kleberpunkten fest.

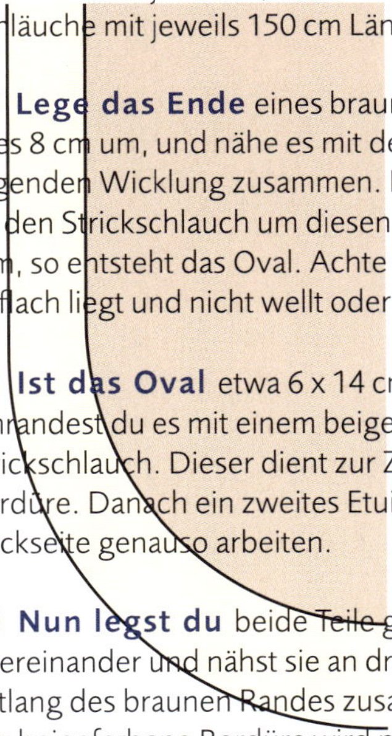

Romantische Windlichter

Ältere Geschwister oder deine Eltern werden garantiert schwer begeistert sein von diesen stimmungsvollen Windlichtern für draußen oder drinnen.

MATERIAL

- Rotes und violettes Häkelgarn für Nadelstärke 1
- Rote und violette Pailletten (Bastelladen)
- 2 Gläser, je etwa 9 cm Ø und 12 cm Höhe
- Rote und orange Glasfarbe (transparent), Pinsel
- 2 Grablichter
- Filzstift
- Bastelkleber

SO WIRD'S GEMACHT

Violettes Windlicht

1 **Bestreiche die Innenseite** eines Glases mit der orangefarbenen Glasfarbe, und lass sie über Nacht trocknen.

2 **Stricke aus dem** violetten Garn etwa 100 cm Schlauch. Er sollte ganz locker gestrickt sein. Nun miss den unteren, oberen und mittleren Glasumfang mit dem Maßband aus. Teile die Zahlen jeweils durch vier, und trage diese Einteilung mit Filzstiftpunkten an. Dabei liegen die Markierungen unten und oben genau übereinander, die in der Mitte um die Hälfte versetzt.

3 **Klebe den Schlauch** von oben in Zickzackform bis zur Mitte. Abschneiden, vernähen (→ Seite 25) und den restlichen Schlauch von unten im Zickzack aufkleben. Wieder abschneiden und mit dem Rest oben und unten einen Schlauchrand kleben. Die Kreuzungspunkte des Zickzacks überklebst du mit violetten Pailletten. Nun kannst du das Grablicht hineinstellen.

Rotes Windlicht

1 **Das Glas mit** roter Farbe innen bemalen und trocknen lassen. Markiere wie beim violetten Windlicht mit Punkten ein Zickzack auf dem Glas. Hier malst du aber drei statt zwei Zickzackreihen an.

2 **Stricke einen 200 cm** langen lockeren roten Schlauch. Klebe diesen in drei Zickzackreihen über die Markierungen; zwischen den Reihen musst du den Schlauch wenn nötig abschneiden. Auf die Kreuzungspunkte Pailletten kleben und ein Grablicht hineinstellen.

Kaktus als Nadelkissen

Dieser stachelige Kaktus ist der Renner unter den Nadelkissen. Am besten, du bastelst gleich mehrere davon für dich und deine Familie.

MATERIAL

- Softtennisball
- Grüne, rote und gelbe Wolle
- Blumentopf mit 8 cm Innendurchmesser am oberen Rand
- Klebstoff ohne Lösungsmittel
- Stecknadeln

SO WIRD'S GEMACHT

1. **Stricke einen grünen** Schlauch mit ungefähr 200 cm, einen gelben mit 3 cm und einen roten mit 6 cm Länge.

2. **Lege den grünen** Schlauch zur Schnecke, und klebe diese auf den Softtennisball. Vorsicht, wenn dein Kleber Lösungsmittel enthält, geht der Tennisball kaputt! (Du findest den Hinweis darauf auf der Angabe zur Zusammensetzung auf der Kleberflasche.)

3. **Trage nach und** nach Kleber um die Wicklung auf dem Tennisball auf, und wickle den Strickschlauch dicht an dicht weiter herum. Mach so lange weiter, bis der Ball vollständig mit dem Strickschlauch beklebt ist. Das Ende schneidest du ab und vernähst den Faden (→ Seite 25).

4. **Wickle den gelben** Schlauch zur Spirale, und klebe diese fest, darum herum wickelst und klebst du den roten Schlauch als Blüte. Klebe die Blüte auf den Kaktus, und lege den Kaktusball mit ein paar Stecknadeln in den Blumentopf.

TIPP

Bastele doch mehrere verschieden große Kakteen, indem du Styroporkugeln in unterschiedlichen Größen verkleidest. Dazu brauchst du Blumentöpfe in der passenden Größe. Zur Zierde steckst du Strohblumen mit Stecknadeln oder dünnem Draht ein. Auch unterschiedliche Grüntöne für den Strickschlauch wirken toll. So kannst du dir einen äußerst pflegeleichten, dekorativen und praktischen Kakteengarten »züchten«.

Über dieses Buch

Die Autorin
Heidi Grund-Thorpe, Modegrafikerin, Grafikdesignerin und Lehrerin, arbeitet seit vielen Jahren im Kreativbereich für Frauenzeitschriften und Verlage. Sie hat bereits zahlreiche Bücher zum Thema Kreatives Gestalten, Handwerk und Mode veröffentlicht.

Die Fotografin
Inge Ofenstein ist seit vielen Jahren als Fotografin tätig. Ihre Fotoarbeiten wurden mehrfach ausgezeichnet, unter anderem durch die Teilnahme bei der Expo 1998 als Mitglied der Künstlergruppe »Manna – Kunst für das Volk« in Lissabon.

Danksagung
Herzlichen Dank an die Top-Models Celine, Linda und Naomi, außerdem an Iris für das Hairstyling.

Weltbild Buchverlag
–Originalausgaben–

Steinerne Furt 67, 86167 Augsburg
3. Auflage 2005

Projektleitung: Dr. Ulrike Strerath-Bolz
Redaktion: Ursula Huber
Umschlaggestaltung und Layout: Peter Gross, München
Satz: Lydia Koch, Augsburg
Reproduktion: Point of Media GmbH, Augsburg
Druck und Bindung: Offizin Andersen Nexö Leipzig GmbH, Spenglerallee 26–30, 04442 Zwenkau

Gedruckt auf chlorfrei gebleichtem Papier
Printed in Germany
ISBN 3-89897-043-4

Stichwortverzeichnis